歌集

さるびあ街

松田さえこ

第一歌集
文庫
GENDAI
TANKASHA

目次

序

私が東京を引きあげて、妻子とともに郷里に疎開してゐた頃、松田さんは人を介して私に作歌のことを相談するやうになつた。それから終戦になつて、蒲田の新宿町に仮寓してゐるところに、松田さんはお母さんに伴はれてはじめて私を訪ねたのであつた。さうすれば松田さんの作歌歴ももう相当に古く、十年以上といふことになる。この数年来、松田さんは歌壇の新進としてみとめられるやうになり、松田さん自身も熱情をこめて作歌に励んで居られるが、その成果をまとめて世に問ふことになつたのは、私にとつても亦喜ばしい。

かつての女学生が女子大学生になり、それから社会に出て、やがて結婚生活に入つたのであるが、その間松田さんは不断に作歌を継続したのではなく、作歌を休んだ期間があった。それは松田さんが聰明で、何をやつても一応こなすだけの才能に恵まれてゐるためであつただらう。併し松田さんは、結婚生活に入つてからいよいよ真劒に作歌をされるやうになつたので、結婚生活は必ずしも幸福ではなかったかも知れぬが、その代償のやうな歌をいくつか作られた。

斎藤茂吉先生に『短歌とは寂しき道か年老いていよよますますわが歌さびし』といふ作があるが、ここでも「寂しき道」といふ感慨を禁じ得ない。併しかういふ諦観は年長けて到るべきものであらうから、松田さんはまだ短歌を「寂しき道」として感じないかも知れない。

私は常に松田さんの歌に目を通し、この歌集を編むについてもあらためて一読し、若干の取捨をしたのであつたが、それを松田さんは更に思ひきつて削つて編集したさうである。この歌集の歌は、私の賛成した歌であるが、今後松田さんの恵まれた才能は、どのやうに発展してゆくだらうか。「さるびあ街」といふ書名に見られるやうな才気が、底の方にしづむのがよいか、よくないか、それは私にもよくわからないが、兎も角も新進としての実質を盛つたこの新歌集の門出を祝福する。昭和三十二年六月十日。佐藤佐太郎記。

さるびあ街

葉　脈

1950～1953

風ある街

あらあらしき春の疾風《はやち》や夜白く辛夷《こぶし》のつぼみふくらみぬべし

たえまなく楠の若葉に音しつつ風ある朝は何を恋ほしむ

愛憎を超えむとしつつ平らぎてもの言ふときにきざすかなしみ

幾年か祈りを知らず生きて来し吾か夕映に照らさるるいま

還らざる愛とも思ひ時を経てなほをりふしは寂しかるべし

憎まるることを怖れて振舞へば吾を奔放と人は見たりや

あはあはと過ぎてゆく風石蕗《つはぶき》の冬を越えたる葉は光りつつ

木蓮はおのおの厚き花びらの翳りをもてり夕光《ゆふかげ》のなか

悲しみのうすれゆくときみつめゐし栗の若葉をまぶしと思ひし

くろぐろと過ぎゆく貨車はわが窓に重量のある響きを伝ふ

目ざめむとしつつ萠せる意識にて暗きひと日を予感してゐし

ひたすらに心和《な》ぎなむ日を求め桃の若葉は夏となりゆく

君とゐるかかる幸《さきはひ》も人間のはかなかるべき戯れと思ふ

街路樹のかげ伝ひゆくをりをりにあからさまなる日に照らさるる

別々に物思ひつつ寝苦しき蚊帳のうちにてめざめてをりぬ

熱たもつ夜の鋪道よ遠空に幕状放電の光しながら

さかんなる夕焼しつつ峡田《はざまだ》は西風つよき夕べとなれり

長者ケ崎

防風林に風絶えしかば夜もすがら長者ケ崎の荒き波音

引く潮のまた忽ちに寄せてくる渚にしぶき浴びつつぞ佇《た》つ

少しづつ潮退《ひ》きゆけば渚べは砂なめらかに光を保つ

余光さす砂丘《すなをか》ゆけば丈ひくき浜雑草《はまあらくさ》に風鎮まりぬ

遠き野の果を限りて川は見ゆ木原を出でしときのあかるさ

没日の坂

きざし来る悲しみに似て硝子戸にをりをり触るる雪の音する

残り雪月光《つきかげ》の中に凍りゐむ夜半《よは》にめざめてふたたび眠る

まれまれに夫《つま》と向へる朝の膳に熱き味噌汁の椀に沁む音

虔ましく在らむ願ひを没つ日のまぶしき坂を行くときにもつ

年を経て相逢ふことのもしあらば語る言葉もうつくしからん

末枯《うらが》れし草原は黄に映えながらいつしか寒き夕ぐれとなる

相共に携《たづさ》へ行かむのぞみさへはかなくなりて朝明けむとす

人憎む心醜しと思へども何をたよりに吾が生くべしや

ひびきつつ疾風《はやかぜ》吹けりよべよりの苦しき心浄まりゆかむ

風のごときざし来る常の不安にて夜更け火鉢に手をかざしゐる

黄に濁る余光を負ひて鮮明に杉の梢が窓よりみゆる

心重く出でて来しとき街燈のひかりにみえて移動する靄

平安の心失ひて過ぎ来しに吾を劬るこゑはなかりき

愛慾のなべて虚しく消ゆるべきときを願ふはわが若きゆゑ

街屋根の向うの空にみゆるもの霧に映らふネオンの光

暗きゆゑ罪あるごとき意識もちダンスホールの壁に倚りゐし

喧噪はホールに充ちておのおののいとなみを見る意識をもたず

華やかに振舞ひしのち黙しつつ萠す孤独を時に畏るる

遠き岬

過ぎ去りし愛の記憶に繋りて無花果の葉に雨そそぐ音

あたたかき日の匂ひする草群に散りくる桐の葉は黄ばみをり

厨辺にもの刻みつつあなくるし古き過失のよみがへるとき

階下には遅き夕餉をとる人らさざめき合ふを聴きて臥しをり

葉脈のあらはにみゆる柿紅葉あかるき昼の雨に濡れゐる

冷え深き夜ごろとなりてかすかなる銀河の光も恋ほしきものぞ

草踏みてわが来り立つ丘の上反照のなき港がみゆる

朝凪の湾をへだてて日に照らふ遠き岬の赤き土崩《つちくえ》

きりぎしの野茨《のばら》は秋の光ある流れに漬きて絶えず動けり

孤独なる心語らむすべなくてかすかなる夫《つま》の寝息聞きゐる

愛情を口にするとき虚しくて硝子戸滑る雨をみてゐし

冬月をしばしおほひて輪廓のかがやく雲は南に移る

唐突に夕映となる西窓に杉の秀《ほ》の影風に揺らるる

かすかなるさやぎきこえて湖岸《うみぎし》の萱原濡らし氷雨降りくる

黄の薬

1954

雪原

遠空に星移りつつ雪の上は夜すがら潔《きよ》き光保たん

淡々《あはあは》と夕映せりし雪原は青き翳りをもちて昏れゆく

雪の冷え立ちくる午後の窓の内おそき昼餉《ひるげ》す吾と吾が猫と

木群吹く疾風きこゆる暁に唇かわきめざめてゐたり

急速に雪溶けしかばしづかなる水を湛へて夕昏るる池

不吉なる予感もたらす春の嵐過ぎて再び寒き夜となる

宵靄のこめたる路地《ろぢ》を過ぐる時甘えし女の声がしてゐる

轟々と風わたりゆく空のおと闇に醒めをれば悲しみ還る

月に照る夜の白雲ありありとみえつつ暗き糸杉が立つ

しづくして若葉の辛夷立ちをらむ雨すぎし夜の月光《つきかげ》のなか

薄明に醒めゐる吾と思ふとき目覚時計唐突に響く

化粧水掌《て》にためてゐる時のまの心僂し疾風《はやち》吹く朝

このせまき厨に立てば居処を得し安らぎの還るかなしみ

菜種畑花さかりなる匂ひあり日光《ひかげ》みなぎらふここの狭間《はざま》に

たぎつ瀬に暁の霧立ちながら鶺鴒はたえず処を移す

瓜きざむ無心のひまにきざしくる今朝の小さきいさかひのこと
　するどき葉

若葉濃き木立を遮断する如く雨降りしきる坂下りゆく

暁にわが醒めしとき雨の音燃え尽きし蚊遣の匂ひしてゐる

竜舌蘭のするどき葉みなさみだれの音立てて降る雨を浴びをり

夕映ゆる雲とかかはりなきところ低き雲疾《と》し山の上の空

別れ住むこの日頃ゆゑかにかくに過ぎし苦しみ忘るる吾か

平安に眼《まなこ》を閉ぢて眠る猫わが家といふ意識もちゐるならむ

夕光

苦しみを相分つこと遂になからんと思ひて夜の障子を閉ざす

まぶしきまで明るき部屋に吾の咽喉渇き別離を告げんとしたり

ひたむきに倚る素直さも失へる吾か涙を垂りつつ思ふ

現《うつ》し身の苦しきままにまどろむに見む夢にさへ安らぎは無し

守らねばならぬ家庭といふことを互《かた》みに言はず夜の街行く

不気味なるまでに明るき火星みえ二人行くとき木群さわがし

暁の光の中にうすれゆく月の像《かたち》を見守《まも》り醒めをり

安らがぬ心のまにま昼の街吾がゆきて夏の服地を購《か》ひし

憂《うれひ》なき人のごとくに赤き旗風にはためく昼の街歩む

かぎりなくさざ波光る池の面のところどころに花藻寄り合ふ

水紋のひろがる時に睡蓮の夕べ閉ぢたるつぼみ揺らるる

しげりたる桃の一木がみえをりて薄曇空《うすぐもりぞら》暑くかがよふ

沖の辺は低き曇に交はりてそのあたりより海昏れむとす

遠くより風渡りゐる田の中に緑異りて甘藍《キャベツ》畑みゆ

荒地野菊咲きつづく原に白き蝶かぎりなく翔《た》つ夕霧のなか

黴のごとき花と思ひてかすかなる三つ葉の花を折ることもなし

風つよき西日の中を坂のぼる孤りの吾の影明らけく

美女柳に来し蝶ひとつ黄の蘂にからだ埋《うづ》めて蜜を吸ふさま

さみだれに汚点《しみ》のごとくに壁濡るる土蔵の傍《そば》を夕べ過ぎゆく

夜の雨鋪道につよくしぶきつつ眼光りて猫が横切る

デパートの階下るときたまたまに高架電車と同じ高さとなる

をりをりに餌ついばみて群るる鶏考ふるゆゑの憂なからん

北窓の霧

梧桐《あをぎり》の向うはなべて夜の霧梧桐は黒くその葉を垂れて

街なかに別れ来りてしづかなる夕雲見をり電車の窓に

昆虫の触角のごとき雌蕊もつカーネーションをこよひ購《か》ひ来し

まれまれにひとり来たりし川の土手野茨は青き実を結びゐる

幾年を報いられざるまま過ぎて別離の気力すらなしといふ

かすかなる夫の寝息を聞きゐしがわが寂しさと関はりもなし

芯ながく咲きし葵の花閉ぢて芝生の上の黄なる夕照り

何に寄する思ひならなくに厨より風吹く木原見つつ寂しゑ

習慣はかく悲しくて心耐へつつ若布《わかめ》の汁を吾は煮てゐる

米を磨ぐ格子の窓にみゆるもの茗荷の畑《はたけ》骨を噛む犬

台風の吹きつのりくる夜の更けに汚れし足を拭ひて寝ねむ

秋に入りし光と思ふ行潦《にはたづみ》銀杏のあをき落葉水漬きて

生活のこと切実に思へれば吾が諍《いさか》ひも永からぬべし

北窓に夜更けの霧をみてをりぬこの寂しさを寝ねし夫知《つま》らず

心寂しく今宵いねむに窓にさす月冴えたれば桐の葉の影

愛されし記憶のこりてめざめつつこの言ひ難き寂しさに耐ふ

引潮の遺《のこ》しし水に日が透り砂の色もつ魚《うろ》くづおよぐ

菊の葉のひとつひとつが夕月に光れり淡き靄に触《ふ》りつつ

ひもすがら風吹きしのち昏るる庭石蕗は黄の花明らけし

水郷

茎立ちて枯れし蓮田は晩秋《おそあき》の日に乾きつつ泥ひわれをり

茎紅きまま枯れてゆく犬蓼をこの沼岸に見つつ過ぎゆく

大方は花過ぎ方の野菊など群生ふる水岸わが歩みをり

沼こえてすでに黄ばめる葦原を見つつ歩めりここも葦原

水の上まぶしくなりてこの岸の松の根方にも没つ日は射す

白き牙

1955

白き牙

石蕗の反《そ》る花びらに日の照れば和《なご》みし心ひと日保たん

厨にて肌白き芋洗ひつつ負ひ目のごとき寂しさをもつ

諍《いさか》はば已れに還る悲しみと思ひて夫《つま》の声を聴きをり

やさしき手吾が黒髪を撫でをりと知りつつ涙とめどなかりし

部屋隔て短かき言葉交《かは》せりし暫しにて夫の寝息きこゆる

醒めぎはのうつつに思ふ結論のなき思ひにて疲れ眠りし

いつよりか心再びまどひつつわが刻みゐる冬葱の白

カレー粉の匂ひしてゐる地下道より夕光《ゆふかげ》赫き鋪道に出でつ

冬日さす障子の外に居る猫が軀を舐むる時の舌の音

疎《うと》ましき過去と思ひていくたびかハンドバッグの黴拭ひをり

歩みゆく吾をめぐりて寒靄は街の彩燈の光こもりつ

梢より落葉はじめし銀杏の木の並立つ鋪道夕べ明るく

いづくなく靄こめ来つつ昏《く》るる海余光はしばし靄にたゆたふ

くぐもりて寒き夕べに海ぎしの棕梠の葉吹かる音立てながら

さむざむと光る鋪道に戯るる犬ふたつ居てその牙白し

朝の畳掃きゆくときに褐色《かつしよく》の蜂の骸《むくろ》に冬日射しをり

柿の木の根方に散れる柿の落葉乾きて深し憂なきもの

屋根ごとに夕日かがよふ坂の街風に吹かれて吾が下《くだ》りゆく

枇杷の実

薄明の中にさめゐて平安の一日を願ふたのめなけれど

遠くにて手を振るごとく惜別の心をもちてもの言ひ合へり

反響のなき草原に佇つごときかかる明るさを孤独といふや

油煮ゆる匂ひしてゐる昼の厨明るき光はここにも射して

目覚時計の螺子《ねぢ》を捲きつつこの夜は心平らぎてもの言はむとす

雨あとの庭の土より枇杷の実の饐《す》えし匂ひの立ちて寂しゑ

清き風鈴懸に吹く夕街に玉子を買ひて吾が帰りゆく

青梅の酸《す》ゆき匂ひの幻覚がありて唾《つば》出づる梅雨の夜更けに

ためらひのなき形にて夕庭をよぎりし猫が縁に上り来

おもだかの白花群れしところより遠く鳰鳥《にほどり》は水にくぐりつ

デパートの螢光灯に馴れゐしが夕ぐれとなりて藍ふかき窓

最上層の窓よりみゆる港には靄だちながら夕日さしたり

冬の苺

人間の流れの中に吾もゐて曇よりさす日に照らさるる

愛憎も時の間淡し寒靄に黄の余光さす鋪道行きつつ

戦争に失ひしもののひとつにてリボンの長き麦藁帽子

無惨なる死にざまに泣く遺族らの嗚咽のさまも映画見しむる

外廓を螢光灯にふちどりて夜半の街にデパートがある

ためらはず物食ふ貧しき者のごと心ひもじき吾は何せむ

おのおのの過去を暴《あば》かばいかならん疲れし貌の並ぶ夜のバス

靄ふかき宵帰り来て電灯をともせる部屋の鏡をのぞく

消防車還りゆく鐘間遠《まどほ》にて昼過ぎてより疾風収まる

冬光あかるき午後の厨にて舌に生温《なまぬる》き牛乳をのむ

日すがらの風収まりて杉群の暗き緑は夕映しをり

寒き風吹きすさぶ昼に牛乳の中に真紅き苺を食《た》うぶ

鍋の中に脂《あぶら》溶けゆく音しつつ吾を憎む眼思ひ出でゐる

風邪ひきて昼臥しぬればつぎつぎにはかなきことを思ひてゐたり

闇の中に夜光の時計動きをり眠れる夫《つま》と吾との間

絶望の人には自殺すら救ひとならずといひしニイチェの言葉

愚かなる笑湛へて今日過す吾が変貌を人も見るべし

目を閉づることなく眠る魚などの如く苦しき夢みてゐたり

さまざまの皮肉をいひて泣くさまもある限度より滑稽となる

幹高き冬の木原に曇より夕日さす時かがよふ笹群

円《まど》かなる月の光に石蕗も青木もともに寒く光れる

草萠えむ明るき丘と思ひしがひとときにして終る夕映

陰影のなき明るさにかがよへる菜種畑行きて心和まず

緩慢に道路補修車うごきゐるその重き音は暑き日のなか

レンズの如き平らなる雲光りゐて風疾き鋪道の上の夕映

悪様《あしざま》に夫《つま》を言ひつつ厚き胸に六人目の子を抱ける女

夜の空に風あるらんか遠花火北に流れつつ消ゆるあはれさ

夕　雲

かく生きて吾に如何なる明日あらん厨の窓に夕雲動く

悲しみをもちて夕餉に加はれば心孤りに白き独活《うど》食む

背信を心に思ひ過ぎしかど罪の基準も信じ難しも

遠くにて消防車あつまりゆく響き寂しき夜の音と思ひき

桃の木にきびしき夕日さしながら疲れし今は何を信ぜむ

みづからを責むるに疎し立ちくればはしばみの葉の青き翳りよ

青葉だつころ咲き継ぎて紫の都忘《みやこわすれ》は花過ぎむとす

雨永くつづきて肌寒き街ゆくに飛ぶ蠅ひとつ傘に入り来る

くるしみの去りたる後《のち》に涙あらん幹より樹脂のしみ出づるごと

鋪装路は凹凸《あふとつ》のままに翳ありて高き街路樹芽ぶきととのふ

わが窓にみつつしをれば昼の風は若葉みづみづしき丘より起る

いとまなき心は夢につづきゐて眠り足らはぬままにめざむる

雷雨すぎしのち急速に夕づきて雫をふるふ椎のみどり葉

おほよその悲しみを経て得しものを心虚しといふにもあらず

思ひつめし吾が或る時の心さへ滑稽に似て昼の街暑し

雨しげき夜半めざめしが部屋内の闇にビニールの匂ひしてゐる

硝子戸の中に対照の世界ありそこにも吾は憂鬱に佇つ

目的のなきくらしにて夫《つま》の言ふ諧謔も時に悲しみとなる

常ならぬ内なる言葉聞くごとく冬の雨降る夜半に醒めゐつ

些細なる行為といへどいつの時も人妻としての範囲を出でず

相抱くクライマックスも心虚しく観をれば単純に映画は終る

平らけきこころ還らん柿の木の若葉光りて永き黄昏

埃上ぐる春の疾風《はやち》に吹かれ来て脂光れる鯖を購《あがな》ふ

砂糖壺に砂糖入れゐしが庇間《ひあはひ》に鋭き月みゆこの夕まぐれ

いくばくか死より立ち直るさま見をり金魚を塩の水に放ちて

存在は闘争にして春日さす黒土に蟻と蜂とあらそふ

確信のもてぬ平和と思ひつつ夕日かがよふ鋪道歩みをり

生活のため肉体をひさぐ者さげすみ得べき吾と思はず

雨曇る林を来れば沼岸に水より生ひし葦吹かれをり

赭土を掘りおこしたる沼岸に蛙鳴きいづる昼つ方あはれ

沼底の泥露はれしひとところ生きものひそむ気泡が出づる

ひとところ水かがよひし夕光《ゆふかげ》の収まりしのちそよぐ若葦

荒く鋤きし田の面に生ふる雑草《あらくさ》のまばらに見えて夕日射しくる

波のごと間をおきてくる堪へ難き孤独と思ひ昼の街歩む

昼の風に若葉かがよふ桐一木あかるき窓にみえて和《なご》まん

たのめなく昏れゆく厨梅雨に入りて家人《いへひと》はみな魚を好まず

秋より冬

うすき黄の花ひそめゐる茗荷畑夜につづかん余光ただよふ

心虚しく吾は還らん両側《ふたかは》に並み立つ葉鶏頭《かまつか》明るきところ

流し場にほとびし飯粒ひろひゐるゆゑよしもなく吾はかなしく

ゆがみたる瓜の厚皮剥《む》きゐつつ孤りの心永くつづかん

蓼の花垂り咲く原のあたたかき日差に遠き屋根光りをり

諍ひののちに聴きゐし雨の音絶えしが清き月夜となりぬ

あきらめののちに到らん平らぎを思へど現《うつつ》うべなひがたし

現実の音遠ぞきてかにかくに眠りは心静かならしむ

苦しみを人に語るは自らの思ひを断たむゆゑのあがきか

残照のありとしもなき明るさに桐の葉群はしづまりてをり

畳の上日ざし動きて黄の壁に移りゆくころ夕映となる

宵ごとに桐畑こむる低き靄心忙《せは》しく秋過ぎたりし

日向くさき蒲団を夫のいひしより心しづかになりて眠りぬ

葉を巻かぬ甘藍《かんらん》畑のみえてをり黄の雲こごるさむき夕昏

海苔焼きて匂ひのこれる冬の夜に潮騒のごとき風聴きゐたり

霜の夜のかかる寂しさ梅干の種を番茶に沈ましめつつ

柿の種吐きつつ思ふ柿の葉の形保ちて胚芽ひそまむ

敗戦の日を想ふなく頸赤き外人兵のうしろをあゆむ

蠟燭の光に乏しく物食ひし戦ののちを日々に忘れむ

捉へ難き遠き音する寒き夜の襖あけしとき空気が動く

雨の夜に枕より立つ髪の香と思ひてゐしがいつしか眠る

雨の降る昼つ方にて厨辺に炭砕きゐる音のきこゆる

さるびあ街

1956

黄色の鞄

片側に雪つけてゐる街路樹の幹並びつつ淡き朝焼

芽の白きグリンピースを沈めたる水に雪ふる店先を過ぐ

高き月照りつつ木々の上の雪凍りて光る吾のゆくとき

一日経てきたなくなりし道の雪砂利あらはれしところ踏みゆく

心より想ふものなき斯かる日に吾はひもじき眼を持ちゐむか

信じたき心ふたたびいましめて畳に置けり黄色の鞄

憎まれてゐる意識あればことさらにやさしき吾か嘗ても今日も

外荒るる夜の疾風《はやち》と隔たりてひそまるごとく餅あぶりゐる

互《かた》みなる生活を知らず対《むか》へれば遠きともしびのごときすぎゆき

隔てなくもの言ふ人は父となりしゆゑに幼児《をさなご》を中にもの言ふ

かへりみることなく過ぎし紫陽花《あぢさゐ》の冬芽光りつつなぐさまなくに

妻捨てて北国の少女と棲むといふ他人ごとゆゑにすこし興味あり

ひれ冷き魚《うを》の膚《はだへ》の如くにて濡れし吾が手と硝子戸の月

思ほえず山椒の実を嚙みたればいつまでも舌涼しく居りぬ

省りみも虚しきかなや夕日さす厨に鶏の骨煮出しをり

眠るよりほかになき虚しさと思ひて月の畳より立つ

悲しみに己れ削りて生きむのみ燠《おき》のごとくにみゆる遠雲

蛍光灯の下にさまざまの色の菓子透きゐる袋積みて売りをり

夕近く混み合ふバスに人の囲む空隙ありて幼な児が佇つ

音しつつ鎖ひきゆく油槽車の過ぎたる鋪道夕映寒し

心充つることなくすぎし幾年を己れの罪と思ふことあり

怒ることなくなりし夫《つま》を友情の如き劬りと或る夜思ひし

抜き捨てし草が冬日に乾きをり飛行場あとのコンクリートの上

別れ

朝床に醒めつつ暇《いとま》あるゆゑに別れし夫《つま》を思ひてゐたり

ためらひもなく花季《はなどき》となる黄薔薇何を怖れつつ吾は生き来し

簡潔に幹並び立つ赤松の丘の笹生に夕日かがよふ

不吉なる篠竹の花咲く見つつ風疾《と》き夕べ丘下りゆく

火鉢にて炭の鳴る音つづく時未来の怖れたかぶりてくる

追憶を強ふる音にて夜すがらに篁《たかむら》は月の中にそよげり

茎長き花

飢ゑに似し心を持てば夕街の人群のなかに涙をこぼす

かくしつつ不安の時の過ぎゆかば吾に平らぎの還る日ありや

水盤に湛へし水に黒き虻溺るるさまをながく見てゐつ

馴れ住みし家に目覚むる錯覚と気付きたるのち力無く臥す

ゆくりなく放たれし赤き風船が雲に近づきながらかがやく

苦しみし日の習慣のひとつにて体ちぢめて眠らんとする

時の間の夕光《ゆふかげ》なれど杉群も辛夷も赫しかなしきまでに

願ひゐし逢ひはかくまで虚しくて鋪道の雨に濡れつつ還る

共に棲みし時に耐へたる言葉ひとつ唐突にして憤ほろしも

わがうちの寂しさを言ふこと無けむ光を保つ池の夕映

街路樹も鋪道も暑く渇きたりかかる風の日を君は愛しき

時を経て断ち切り難き恋ほしさと思ひつつ朝の窓をひらく

夕映ゆる街歩みをり或る時は父母棲む家も帰るに疎《うと》し

たたかひは既に終りてみづからの内の平安を量《はか》りてゐたり

意志弱く経し幾年を省みの時としてわが心さだまる

束縛のなき境涯とみづからの證《あかし》のごとく爪染めてをり

窓にさす夕べの光ガーベラの茎長き花にとどきてゐたり

髪の毛の焼くる匂ひと思ひつつさみだるる昼の路地に入り来し

赤き肉焙《や》きて夕餉をととのへし厨を思ひ永く思はず

つやつやとせる桜桃のつぶら実を噛みて唐突にかなしみきざす

夕べより奥歯痛みていねがたき夜半別れたる夫憎み居き

携はる放送の仕事の一つにて毒蛾育てゐる室に入りゆく

恙虫《つつがむし》の寄生宿主《しゆくしゆ》の田螺など沈みて瓶の水よどみをり

紅の雲褪せてゆく過程にていつより昏るるといふけぢめなし

薄明に蜩の声絶えしのち雀の啼くは心あたたかし

餌の上にもりあがりつつ群るるさま養殖鰻を夜半に思ひつ

空堀にしげりし草の揺れながら雨後のあかるき風たえまなし

風紋

遠くより降る雨移り来るみえてわがめぐりの田さやぎはじめつ

諍へど心昂ぶることなきを限界として別れたりしか

救急車過ぎゆきしより埒もなき不安抱きてバスに揺らるる

つねの日に抑へゐるわが悲しみに当然の如く人は触れ来る

不甲斐なき心と己れ責めながらいかなる時も憎み得ざりき

異りし音たててゐる時計など聞き分けゐしが吾は眠りし

思ほえぬ遠き山間《やまあひ》に湖《うみ》がみゆ夕かげるとき白く照りつつ

湖の上のあかるき風に鋳のごとき風紋みえて吹き移りゆく

湖の雨けぶりのごとく吹かれつつしげく降るとき立つ雨の音

街の空暑くきらへり吾の手に遺れる一生《ひとよ》何に賭くべき

海光る

関はらぬゆゑ安心を君に持つこの安心は寂しきものを

人の声なべて消さるる地下鉄の轟音の中に安らぎゐたり

秋早く褐色の広葉散りたまる離宮のうらの坂下りゆく

いつしかに心甘えてもの言ひし或る夜のしぐさ自らうとむ

均衡は保ちがたくて皮青き梨を剝きつつ切実に居り

あふれ来る心のままに振舞ひて傷つかざりし遠き過去《すぎゆき》

妥協する事は易しと思ふとき永く苦しみ生き来し吾か

みづからを紛らはしつつゐる意識映画みに行く時もまつはる

あらあらしき夕光のなか硫黄噴く山肌は黄の土乾きゐる

葉鶏頭照る垣内は土固き広庭にして籾ひろげ干す

茎長けし蓮《はす》素枯れゐる蓮田《はちすだ》の水おほふ藻も日にかわきつつ

幅ひろき川をへだてて川岸に日のあたりゐる黒き土崩《つちくえ》

河原に葦群青くつづきつつ遠くひらけて海光りをり

わがめぐりけぢめなき黄の夕映となりて歩めり心よりどなく

サルビア街

花終ふるサルビアの朱《あけ》傾きて日にかわきゐる公園に来つ

街路樹の冬木のかげが閉ざされし鉄の扉にとどきてゐたり

うす色の鶏肉そぎてゐるところ過ぎつつ寒き雨に濡れゆく

消え難き過去を負ひつつよろこびの声のひとつも率直ならず

次々にセロファン剝《む》きて黒き飴食ひつつ心寂しき夜ぞ

いくばくの酒に心の和《なご》みつつ饒舌は時に吾を救はん

放埒に生きし一人のことを聞くもし吾ならばたのしからむか

依らむものひとつなきとき唐突に獣のごとき意志が湧きくる

靴底に煙草の火をば揉み消せるひとつの動作吾はうとみつ

うつつなく電車にをれば軸もちて回るごとくに街曲りゆく

ひとりなる時の平安は忘るべき過去のいくつをよみがへらしむ

速度おそき飛行機音に共鳴のながきわが窓朝明けてゆく

サルビアの小花散りしく黒土のうるほふごときゆふべとなりぬ

裁判所前の鋪道に裸木のかげ長きとき孤りし歩む

親しくもなき人と来し夜の店に誕生の日を祝はれてをり

わがうちに崩壊しゆくものの音聞ゆるごとく窓に月照る

しばしばも心いたみて思ひしが安否を知らず秋過ぎぬべし

期待すべき明日なきことに安らぎて吾は眠らむ部屋を閉ざして

たちかへりやすき記憶を抱きつつ日々の多忙を吾は求むる

どの家も停電したる街ゆきて黄にしづまれる夕映寒し

畑中の陸穂《をかぼ》刈られて方形の土に日の照るところを過ぎつ

切りとりしごとく明るき緑みゆ廊下の果の扉開きゐて

あたたかき雨止みしのち風立ちて麦の芽生えのうごく夕ぐれ

膚《はだ》光る銀糸魚《さより》を箸にはさみつつ幸ひはいつ吾がうちに棲む

梧桐の葉をふく風の音しつつ寂しきのみぞ吾のめざめは

低き炎立ちつつ炭の匂ひゐる夕べかへり来て手を洗ひたり

かがやける入江をこえて日すがらに照りし向丘《むかをか》黒く昏れゆく

秋日照る街屋根こえて光鈍き運河白き橋丘よりみゆる

抗《あらが》ひの心を時に知らしめむねがひ持ちつつ今に果たさず

過去《すぎゆき》のたちがたきこと悲しみのなかに淡々《あはあは》ただよふごとし

充ちぬべき心ともなく冬の日に落葉の厚き池岸に立つ

危懼

こだはらずふるまふといへ安定のなき明るさと人も思はん

過去の恋ほしとおもふをりふしを責めつつ心のうちにあらそふ

おのおのは相伴ひて歩むとき寒き夕の街渇きゐる

心乱れ別れ来りて寂しきに路地の向うに冬土ひかる

黄に塗りし鉄帽みえて人らうごく時雨《しぐ》れて昏き鉄骨のなか

日常の飲食のことといふすらや相見し人と吾のへだたり

誰に乞ふといふにあらねどかすかにて人想ふこと許させたまへ

あはあはと街にて別れ来しかどもわれの咽喉《のみど》のかわきてやまぬ

華麗なるものの余映を負ひたりと言はれて遠き過去を疎みつ

靄しづむ街

埋め難き永き時経て相逢ひしことも負担となりてゐるべし

ことさらに吾が過ぎゆきに触れざるを負ひ目としつつ冬街歩む

鋼鉄の匂ひともなふ地下鉄のぬくき空気が鋪道に流る

この吾と関はりもなく形成《つく》られし吾が像人の心に棲まむ

孤りなる時よみがへりみづからを苦しむるゆゑ人をそしらず

意志的にして清潔の手と思ひ心隔てなくむかひゐたりし

裂く如き悲しみおそふ折ふしにやさしき言葉欲し誰にても

痛み耐へ歯を削らるる時のまに閃くものを智慧といはむか

幸ひを嫉むならねど充足の貌もてるゆゑ心こだはる

騒音をへだてて木々に囲まれし公園の砂利平らに光る

心倦く昼靄しづむ街の上あるところより空青くなる

傍らの巨き建物の重圧とおもひて歩む日の昏るる街

相寄らむ心をもてばともなひて街ゆくことも罪の如きか

茱萸《ぐみ》の花夕日に透きて咲きゐたり蘇るもの寂しからなく

背信をなす必然もなきことに思ひ到りてみづから悼む

埃吹くあかるき街はどの屋根も渇ゑしごとき光を保つ

器より逃れむとして亀動くかかる徒労は心いたましむ

殻うすき鶏卵を陽に透しつつ内より吾を責むるもの何

悔しまむ罪さへなくて堪へがたきこの空白は夜半につづかむ

冬の苺匙に圧《お》しをり別離よりつづきて永きわが孤りの喪《も》

告ぐることなくて過ぎなむ想ひにて孤りの夜の心を充たす

さるびあ街　終

後記

多勢の方々の好意で、ともかく「さるびあ街」が出版されることになつた。この歌集に集めたものは、昭和二十五年から三十一年の間の作品の中から選んだ。私が佐藤佐太郎先生の門に入つて作歌をはじめたのは、丁度終戦の昭和二十年からであるが、初期のものは除いて二十五年以後のものを集めた。それでも、佐藤先生の選を経たものだけで約七百首程になつてゐた。それを削り削りして約四百首を以て構成した。この自選は、或ひはいくらか己れに厳しすぎた嫌ひがあるかもしれない。しかし捨てたものは惜しむまいと思ふ。私は自分の作品に甘えたくない。

誰でもが感じることであらうが、私も歌集の題名の決定にはずゐ分苦しめられた。結局三転四転して、雑誌に発表した一聯の歌の題をそのまま採つたのであるが、今では、このやや不均衡な語感に捨てがたい愛着を感じる。これらの作品を生む背景であつた実生活の上では、精神的に激しく苦悩した時期が永くつづいてゐた。自己本来の明るい性格と、体いつぱいに耐へて来た暗い精神的風土とのギャップ、華やかさと寂しさ、或ひは志向する清明の歌境と、現代人としての思考的な混乱との矛盾、さうした相反した二つのものが常に私を困惑させ、苦しめて来た。私は、冷い翳にみちた晩秋の街と、その一角をある時鮮烈な朱で彩るサルビアの花に、自分の中のこのやうなせめぎ合ひの色調を感じるのである。そしてこの歌集は、私の二十代の墓碑銘であるとも思つてゐる。

私が佐藤先生の門に加へて頂いたのは、まだお下げ髪の少女の頃であつたけれど、佐藤先生に師事してからも、私は決して真摯な実作者ではなかつた。

或時は短歌の形式を憎み、或ひは用語と韻律の呪縛を逃れたいとあせり、伝統の重味に反撥し、他に新しい表現の場を求めようとした事も再々あつた。私のかうした態度については、親しい友人達からも、信念がたりないとか、足が地についてゐないといふ批判や、忠告もしばしば受けたけれども、信念といふものは、他から教へられた事を鵜呑みにして出来るものではなく、自分で苦しみ、対決して、徐々に一歩一歩確かめて行くものなのだらう。私は自分の分裂的な傾向をマイナスにしたくないと思ふ。抵抗のない所に、真に正しいものは育たないといふ意味も含めて。

幸か不幸か、この歌集の出版を前にして、私の短い家庭生活も終りをつげた。生活の激変から、どんな歌が生れて行くのか私は知らない。しかしどんな場合でも、作歌上に清潔な眼と気凜とを失ひたくないといふのが私の切実な願ひである。

一九五七年六月

松田さえこ

解説

大森静佳

『さるびあ街』は昭和三十二年、今からちょうど六十年前に刊行された歌集である。昭和二年生まれの松田さえこは、十七歳で終戦を迎えた。この歌集には、一人の女性として厳しい戦後を悩みつつ生きた二十代の日々が鮮明に刻まれている。

戦争に失ひしもののひとつにてリボンの長き麦藁帽子
心より想ふものなき斯かる日に吾はひもじき眼を持ちゐむか
かく生きて吾に如何なる明日あらん厨の窓に夕雲動く

こうした静かな喪失感が一冊の根底に響いている。リボン付きの麦藁帽子は、少女時代の象徴だろう。戦争の混乱のなかでその帽子を紛失してしまったという物理的な喪失と、長い戦争のせいで少女時代が奪われたという精神的な喪失。二つの喪失が寂しく重ね合わせられ、戦争のために失われた多くのものを悼むように、明るいリボンがひらひらと遠ざかってゆくのが切ない。

二首目や三首目のように、何を支えに明日を生きればいいかもわからない無力感のなかで、自分の眼差しに自分自身がつめたく貫かれてしまう。その自省の痛みがひしひしと伝わってくるのが、作者の歌の特色だと言えるだろう。自分の眼が「ひもじき眼」であることに気づいてしまう聡明さがあるのだ。

かすかなる夫の寝息を聞きゐしがわが寂しさと関はりもなし
まぶしきまで明るき部屋に吾の咽喉渇き別離を告げんとしたり

そんな心のひもじさには、敗戦という時代背景だけでなく、夫との離婚という人生上の物語が深く関係していることが伺える。隣で眠る夫の寝息を聞きながら、しかし夫の存在は、私が抱える寂しさには何の関わりもないと言い切る。すべてを言い切ってしまう、この余剰のない文体がかえって痛ましい。自分の寂しさに気づかない夫を責める思いがあるのか、あるいはこの寂しさは私だけのものだという自負だろうか。いずれにせよ、夫婦として近くにいるにも関わらず次第に開いてゆく心の距離が寒々しい。やがて二人は、眩しいくらい明るい灯に照らされながら、別離を選ぶことになる。「吾の咽喉渇き」、こういう身体感覚がさりげなく挿入されているところに注目したい。

あはあはと街にて別れ来しかどもわれの咽喉《のみど》のかわきてやまぬ
埃吹くあかるき街はどの屋根も渇ゑしごとき光を保つ

『さるびあ街』のいたるところで、こうした「渇き」の感覚がうたわれている。実際に渇いているのは咽喉だけれど、その身体の奥で、精神が荒涼としてはりつめているように思える。敗戦後、結婚の破綻を経て、まだ二十代の作者はこの世界にぽつんと佇んでひたすら何かに飢え、渇いていた。その「何か」とは例えば愛であり、また急に訪れたなまぬるい平和のなかで自分が信じるべきものでもあっただろう。次の歌では、自身の裡なる渇きを街の風景に投影している。埃にまみれて、それでも戦後の明るさを一応は見せている東京に。家々の屋根はざらざらとくすんで渇いたように光っている。光を「保つ」という動詞の選びによって、どんよりと停滞した気分が滲む。

これまで見てきたような喪失感と無力感、そして精神の渇きのなかで、それでも作者はふとぶとと強く生きてゆこうと意志を持って立ち上がる。その様子は例えば、就職や次の恋愛といった出来事のなかに直接に伺い知ることができるのだが、ここではもうちょっと別の角度からその力強さを見てみたいと思う。

街路樹のかげ伝ひゆくをりをりにあからさまなる日に照らさるる
人間の流れの中に吾もゐて曇よりさす日に照らさるる
引く潮のまた忽ちに寄せてくる渚にしぶき浴びつつぞ佇《た》つ

こんなふうに何かに照らし出される自分というものをうたった歌が多くあって興味深かった。街路樹の蔭を歩きながら、人波に揉まれながら、ふいに陽射しに鋭く照らし出される。上からスポットライトを浴びているかのような、劇的な感じがする。三首目は陽射しではなく波しぶきを浴びる場面だが、これもドラマチックな自己把握と言っていいだろう。現在の感覚からすると劇的すぎてついて行けない気持ちもある。でも「渚にしぶき浴びつつぞ佇つ」と、自分が今ここに確かに立っていることをこのように力強く言い放たねばならなかった、そのぎりぎりの気持ちもわかるのだ。戦争や離婚といったさまざまな物語に翻弄されながらも、ここに確かに私という存在が生きている。これからも、陽射しに貫かれながら現実を生きていかねばならない。そのようにみずからを鼓舞するために、生きる意志を打ち出すために、このスポットライトを浴びるかのような劇的な自己把握は必要だったのではないだろうか。

葉脈のあらはにみゆる柿紅葉あかるき昼の雨に濡れゐる
月に照る夜の白雲ありありとみえつつ暗き糸杉が立つ

強く照らし出されるのは、自分自身だけではない。葉脈のくっきりと見える柿紅葉が、明るい雨に濡れている鮮烈さ。あるいはくろぐろと一本の糸杉が立つ月夜、こちらに迫ってくるような存在感をもって白雲が見える。どちらも何でもないような歌だが、「あらはに」「ありありと」がどこか過剰な感じで、作者の眼前に今見えている。やはり、対象が力強く照らし出されていることがひりひりと強調されている。他の誰でもない私の目の前で、今、ここで。そこに、戦後を生きる「ひもじき眼」がものを見ようとする、もっと言えば世界を愛そうとする情念のようなものがある気がして、一首一首が胸に刺さってくる。

残り雪月光《つきかげ》の中に凍りゐむ夜半《よは》にめざめてふたたび眠る
しづくして若葉の辛夷立ちをらむ雨すぎし夜の月光《つきかげ》のなか

「あらはに」「ありありと」見える景を詠む一方で、作者は実際に見えていないものに思いを馳せる心も持っている。夜中に目が覚めて、月光に照らされつつ凍ってゆく残雪の輝きをふと想像した後、ふたたびまどろむ。眠りと眠りの間にふっと差し込まれるその想像の、なんて美しいのだろう。

眼前のものをまざまざと見据える強さと、見えないものに思いを馳せる静かな柔らかさ。作者の眼は、潮が満ちたり引いたりするように、世界に迫ったり遠ざかったりを繰り返す。この揺らぎに、精神の模索と苦悩が滲んでいるのかもしれない。

冬の苺匙に圧《お》しをり別離よりつづきて永きわが孤りの喪《も》

歌集の終わりに、こんな一首がある。夫との別れ以来、自分は長く孤独な喪に服してきたと言う。終わってしまったひとつの愛に対する喪。「別離」と言いながら、しかし喪に服すということは相手を忘れず、つねに悼み、悲しみ、その記憶の波にみずからを泳がせる行為でもある。追憶の情念のうちに、匙に押さえられてぐずぐずと崩れる苺の果肉。薄暗い部屋のなかで苺だけが真っ赤に艶めき、色彩的にも印象深い。思えば、ほとんどモノクロームのようなこの歌集の寂しい風景に、歌集名の「さるびあ」とこの「冬の苺」の深い赤だけが鮮烈に迫ってくる。

松田さえことという歌人に戦争や離婚があったように、現代の私たちにも一人ひとりの物語がある。『さるびあ街』は半世紀以上も前の歌集だが、今読んでも心に響く新鮮さを持っている。それはたぶん一首一首の言葉が、生きることに苦悩しつつも、ふたたび強く立ち上がろうとする凛とした意志をはらんでいるからだと思う。時代、環境、人間関係、運命など、いろいろなものに翻弄されながら、自分は自分という人間をどう生きたらいいか。その一点において、『さるびあ街』は豊かな普遍性を獲得しているように思う。

悲しみに己れ削りて生きむのみ燠《おき》のごとくにみゆる遠雲
反響のなき草原に佇つごときかかる明るさを孤独といふや
湖の上のあかるき風に罅のごとき風紋みえて吹き移りゆく

略年譜

昭和2年（一九二七）
十一月五日、東京豊島区巣鴨に出生。父酒巻芳男（宮内省官吏）母壽《ひさ》の四女。四姉妹の末子。本名磋瑛子。

昭和9年（一九三四）　6〜7歳
四月、女子学習院入学。麹町紀尾井町に住む。

昭和12年（一九三七）　9〜10歳
七月、父の病気療養に伴い千葉姉崎に転地。千葉女子師範付属小学校四年に転入学。

昭和13年（一九三八）　10〜11歳
十一月、東京世田谷区瀬田へ転居。赤松小学校（大森区）転入学。この頃すでに文学をもって自立する意志をもつも病弱。「ワンワン物語」の絵物語を描きクラスに回覧。

昭和15年（一九四〇）　12〜13歳
四月、姉三人に続き東京女学館中等科入学。詩に親しむ。

昭和19年（一九四四）　16〜17歳
前年より回覧文芸誌「さざなみ」発行。カットなども受け持つ。四月、一学年を飛ばし東京女子大国語科入学、松村緑、西尾実教授の指導を受ける。声楽を関鑑子に師事。

昭和20年（一九四五）　17〜18歳
戦後、演劇部に所属、木下順二、山本安英、薄田研二らの指導をうける。

昭和21年（一九四六）　18〜19歳
在学中から佐藤佐太郎に師事。この年はじめて訪問面会。「歩道」入会、〈酒巻さゑ子〉の名にて出詠。この頃一高、東大生と協力して雑誌「想望」を創刊するも三号で廃刊。

昭和22年（一九四七）　19〜20歳
三月、東京女子大卒業。戦時中の一年短縮により卒業時まだ十九歳であった。父の友人長田幹彦の秘書として改稿・割付・校正などを仕込まれる。

昭和25年（一九五〇）　22〜23歳
紀伊國屋書店洋書課に短期間勤務。大学時代

の演劇仲間松田某と結婚するも最初から異和。

昭和29年（一九五四）　26〜27歳
十一月、「短歌研究」新人賞入選（受賞は寺山修司、石川不二子）。裏千家より松田宗瑛の茶名紋許。当時、新聞・雑誌に童話・随筆をしばしば投稿、よく入選していた。

昭和31年（一九五六）　28〜29歳
離婚。実家に戻り、NHK台本作家となる。
七月、「短歌」戦後新鋭百人集に選出される。
油絵を光風会・西山眞一、山田茂人に師事。

昭和32年（一九五七）　29〜30歳
五月、「青年歌人会議」の前身「青の会」に加わり、はじめて他結社の新鋭歌人らと交わる。
八月、第一歌集『さるびあ街』（琅玕洞）刊。当時筆名として〈松田さえこ〉を用いていた。日本歌人クラブ推薦優秀歌集となる（平成元年、沖積舎より再刊、筆名・尾崎左永子）。

昭和33年（一九五八）　30〜31歳
「短歌」新唱十人に選出される。

昭和36年（一九六一）　33〜34歳
六月、尾崎厳（経済学者）と結婚。三田に住む。

昭和37年（一九六二）　34〜35歳
七月、長女美砂誕生。
合唱組曲「蔵王」（カワイ楽譜）作詞（作曲・佐藤眞）。芸術祭参加作品として初めて楽譜が世に出る（重版を重ね、平成28年106刷）。
以後合唱組曲十二冊。

昭和38年（一九六三）　35〜36歳
母が倒れ世田谷の実家に同居。

昭和39年（一九六四）　36〜37歳
四月、NHKラジオ「夢のハーモニー」の構成と詩作。のち二十年間継続。

昭和40年（一九六五）　37〜38歳
六月、合著歌集『女流五人・彩』（新星書房）刊（他に大西民子、北沢郁子、馬場あき子、山中智恵子）。夫がハーバード大研究留学中のため幼児を連れてはじめて海を渡り、ケンブリッジ市に住む。

昭和41年（一九六六）　38〜39歳
秋、帰国。放送の仕事に復帰するも思うところあって歌壇には復帰しなかった。のち昭和58年まで短歌と無縁に過ごす。但し「万葉集講義」（万葉集を読む会）を講じる。

昭和47年（一九七二）　44〜45歳
三月、放送詩集『植物都市』（白鳳社）刊。

昭和52年（一九七七）　49〜50歳
十二月、鎌倉に転居。この頃より古典に沈湎。

昭和53年（一九七八）　50〜51歳
「源氏物語講義」を藤沢市民の家にて開講、八年余をかけて読了。

昭和54年（一九七九）　51〜52歳
四月、『おてんば歳時記・東京山の手女のくらし』（草思社）刊。昭和61年、文庫にて再刊（講談社）。

昭和55年（一九八〇）　52〜53歳
古典研究のため改めて国文学者松尾聰の門を叩き、以後基礎的学問を叩き込まれる。約十六年師事。
合唱組曲「海」（カワイ楽譜）作詞。

昭和56年（一九八一）　53〜54歳
『源氏物語』の薫香を知るため香道御家流宗家三條西尭山に師事。

昭和58年（一九八三）　55〜56歳
一月、『女人歌抄』（中央公論社）刊。二月、ロバート・フロスト『白い森の中で』（ほるぷ出版）翻訳。三月、『竹久夢二抄』（平凡社）刊。
佐太郎との約束を守り「歩道」に帰ったが、「運河」創刊に伴い、創刊同人としてこれに加わり歌壇に復帰。総合誌にも作品を出詠。

昭和59年（一九八四）　56〜57歳
四月、『源氏の恋文』（求龍堂）刊（昭和62年文庫にて再刊・文藝春秋社）。六月、これにより第32回日本エッセイストクラブ賞受賞。
『尾崎左永子の詩による歌曲集』（作曲・青島広志他　音楽之友社）刊。

昭和60年（一九八五）　57〜58歳
八月、アーサー・マッケン『ゆうれい屋敷のなぞ』（ポプラ社）翻訳。筆名尾崎理沙。合唱組曲「花の香を追って」（共同楽譜）作詞。文化庁芸術作品賞選考委員。

昭和61年（一九八六）　58〜59歳
四月、早稲田大学文学部大学院上代文学研究科研修生となり橋本達雄（万葉集）に師事、二年在籍。
八月、『源氏の薫り』（求龍堂）刊（平成4年選書にて再刊・朝日新聞出版）。

昭和62年（一九八七）　59〜60歳
四月、『尾崎左永子の古今・新古今集』（集英社）刊（平成8年文庫にて再版）。
十二月、『源氏の花を訪ねて』入江泰吉写真集（求龍堂）共著。

昭和63年（一九八八）　60〜61歳
一月、第二歌集『土曜日の歌集』（沖積舎）刊。ミューズ賞受賞。四月、『恋ごろも―明星の青春群像』（角川書店）刊。合唱組曲「幻の木」（カワイ楽譜）作詞（作曲・小林秀雄）。文化庁芸術選奨選考委員。

平成元年（一九八九）　61〜62歳
二月、第一歌集『さるびあ街』（沖積舎）を尾崎左永子の名で再刊。三十二年ぶりであった。
同月、『光源氏の四季』（朝日新聞社）刊。合唱組曲「街断章」（音楽之友社）作詞（作曲・竹田由彦）。神奈川県義務教育研究協議会委員。神奈川文学振興会評議員。

平成2年（一九九〇）　62〜63歳
一月、『新古今の花を訪ねて』入江泰吉写真集（求龍堂）共著。十月、第三歌集『彩紅帖』（紅書房）刊。『源氏花がたみ』（東京書籍）刊。
四月より文教大学文芸科講師として三年間「明星初期論」を講ず。かまくら春秋社にて「源氏物語講義」開講。平成29年現在も継続中。

平成3年（一九九一）　63〜64歳
十一月、『現代短歌入門』（沖積舎）刊。平成18年再版。『坂上郎女・人と作品』『山上憶良・人と作品』（おうふう）共著。

平成4年（一九九二）　64〜65歳

『日本の作家・与謝野晶子』(小学館)共著。

平成5年(一九九三)　65〜66歳
三月、『愛のうた—晶子・啄木・茂吉』(創樹社)刊。十一月、第四歌集『炎環』(砂子屋書房)刊。合唱組曲「夢二幻想」「夏四章」(全音楽譜)作詞。

平成6年(一九九四)　66〜67歳
六月、『梁塵秘抄漂游』(紅書房)刊。十月、自撰歌集『鎌倉もだぁん』(沖積舎)刊。『和歌文学講座9・近代の短歌』(勉誠社)共著。

平成8年(一九九六)　68〜69歳
十月、第五歌集『春雪ふたたび』(砂子屋書房)刊。

平成9年(一九九七)　69〜70歳
四月、『大和路・四季の花歌』(主婦と生活社)刊。八月、『源氏の明り』(求龍堂)刊。十月、『新訳・源氏物語』全四冊(小学館)刊。

平成10年(一九九八)　70〜71歳
四月、『古典の世界を歩く』(小学館)共著。
十一月、第六歌集『夕霧峠』(砂子屋書房)刊。
十二月、評伝『かの子歌の子』(集英社)刊。
『新訳・源氏物語』全四冊等の活動により神奈川県文化賞受賞。

平成11年(一九九九)　71〜72歳
四月、第六歌集『夕霧峠』にて第33回迢空賞受賞。

平成13年(二〇〇一)　73〜74歳
一月、「星座—歌とことば」(かまくら春秋社)創刊、主筆となる。「短歌廿一世紀炎の出発」を鎌倉由比ヶ浜にて催す。十一月、第七歌集『星座空間』(短歌研究社)刊。合唱組曲「折紙」(共同楽譜)作詞(作曲・小林秀雄)。

平成14年(二〇〇二)　74〜75歳
一月、第八歌集『夏至前後』(短歌研究社)刊。
四月、『香道蘭之園』校注、解題を完成(淡交社)。六月、『大人の女のこころ化粧』(リヨン社)刊。

平成15年(二〇〇三)　75〜76歳
五月、『女を磨く知・色・学』(リヨン社)刊。
文化庁長官表彰。日本エッセイストクラブ常任理事。

平成16年（二〇〇四）　76～77歳

三月、『古歌逍遥』（NHK出版）刊。四月、「鎌倉歌壇」結成、初代会長。神奈川文学振興会理事。

平成17年（二〇〇五）　77～78歳

三月、『敬語スタディー実技編』（かまくら春秋社）刊。十一月、『神と歌の物語　新訳古事記』（草思社）刊。『香道蘭之園』と並行して六年半かかった。

平成18年（二〇〇六）　78～79歳

「枕草子講義」開講（鎌倉婦人子供会館）。

六月、現代歌人文庫『尾崎左永子歌集』（砂子屋書房）刊。八月、『続尾崎左永子歌集』（砂子屋書房）刊。十一月、第九歌集『青孔雀』（砂子屋書房）刊。

平成19年（二〇〇七）　79～80歳

三月、書下ろし第十歌集『さくら』（角川書店）刊。六月、『古典いろは随想』（紅書房）刊。

九月、『短歌カンタービレ・はじめての短歌レッスン』（かまくら春秋社）刊。

平成20年（二〇〇八）　80～81歳

三月～六月、東京中日新聞（夕刊）に「源氏物語随想」を六十六回連載。五月、『「鎌倉百人一首」を歩く』（書下ろし・集英社新書ヴィジュアル版）刊。

同月、夫厳死去、八十一歳。

七月、『チョコちゃんの魔法のともだち』（幻戯書房）刊。

平成21年（二〇〇九）　81～82歳

四月、主筆を務める「星座」誌に〈佐太郎秀歌私見〉を連載開始（～平成25年4月）。

五月、『大和物語の世界』（書肆フローラ）刊。

平成22年（二〇一〇）　82～83歳

三月、第十一歌集『風の鎌倉』（かまくら春秋社）刊。四月、『尾崎左永子の語る百人一首の世界』（書肆フローラ）刊（お茶の水図書館の講座より収録）。七月、第十二歌集『椿くれなゐ』（砂子屋書房）刊。十一月、「星座――歌とことば」の勉強誌として「星座α」を創刊、主宰（年二回発行）。同月、主筆を務める「星座」誌は創刊10周年を迎えた。

平成23年（二〇一一）　83〜84歳

二月、『王朝文学の楽しみ』（書下ろし・岩波新書）刊。十二月（〜平成25年2月）、「絵巻で楽しむ源氏物語　五十四帖」（朝日新聞出版）に解説〈歌を味はふ〉を六十回連載。

平成24年（二〇一二）　84〜85歳

九月、『源氏物語随想』（紅書房）刊。

平成25年（二〇一三）　85〜86歳

五月、『香道蘭之園・増補改訂版』（淡交社）刊。十月、「星座」誌に〈自伝的短歌論〉連載開始。同月、長女徳山美砂死去、五十一歳。十一月、『平安時代の薫香』（フレグランスジャーナル社）刊。

平成26年（二〇一四）　86〜87歳

十月、『佐太郎秀歌私見』（角川文芸出版）刊。十一月、故・長女の『美砂ちゃんの遺歌集』（紅書房）編集。

平成27年（二〇一五）　87〜88歳

五月、『佐太郎秀歌私見』により第6回日本歌人クラブ大賞受賞。六月〜七月、「戦後七十年　中井英夫と尾崎左永子展」（豊島区図書館）開催。十月、第十三歌集『薔薇断章』（短歌研究社）刊。同月、「米寿を祝う会」（横浜ベイシェラトン）。「星座の会」十五周年大会（横浜ホテルモントレー）。十一月、自筆墨書『尾崎左永子八十八歌』（沖積舎）刊。

平成28年（二〇一六）　88〜89歳

一月、宮中歌会始の召人に選ばれる。三月、歌集『薔薇断章』により第31回詩歌文学館賞受賞。

『さるびあ街』のことすこし

尾崎左永子

歌集『さるびあ街』（松田さえこ）が最初世に出たのは昭和三十二年（一九五七）のことで、琅玕洞（俳人楠本憲吉さんの出版社）からの刊行で箱入り四六版の五百部。別に濃緑色に金の押印の羊皮紙を使った特装版一〇部があり、これは手元に一部残存するものの、もしこの世に残っているとすれば稀覯本、というところだろうか。

今回文庫本の原本となったのは、それから約三十年後の一九八九年に沖積舎から尾崎左永子名で刊行された新装本『さるびあ街』（A４判）で、内容は全く変っていないが、なにぶん三十年の間に漢字や仮名表記の変化が大きかったせいもあり、多少読み易く文字訂正が施されている。この時の『さるびあ街』の再刊は、沖積舎の沖山隆久氏の強いすすめに従ったもので、十七年もの永い間、短歌界から遠去かっていた私を、短歌界に引き戻すきっかけともなった。

それからまた約三十年、思いがけず現代短歌社の文庫に入れて頂けることになり、私としてはたいそう有難いことと感謝している。

『さるびあ街』の題名の由来を記すと、たまたま雑誌の依頼で「サルビアの街」という一連の作品を提出した際のこと、当時の編集長中井英夫から「のは不要だ」といわれて「サルビア街」に訂正したことがあった。中井英夫は題名をつける名手で、中城ふみ子『乳房喪失』や寺山修司『チエホフ祭』も彼の命令にするのは衆知の通りである。私もこの「の抜き」の「サルビア街」の音感が大いに気に入って、第一歌集の際、これを「平仮名」にかえて『さるびあ街』としたのだった。

しかしこの題名は恩師佐藤佐太郎の不興を買い、しばらくはお出入り禁止、歌友たちの反感までも買う羽目に到ったが、それもまた今はなつかしい思い出のひとつである。

今改めて「松田さえこ」の『さるびあ街』を読み返すと、当時はまだ離婚も女性の独立も珍しい時代、都市詠も一般的ではなかったから、当時の常識とはかなり逸脱していたのだろう。しかし今、客観的に読めず、一人の若い女性が一生懸命孤軍奮闘している感じがして、現在の自分とは関わりなく、ああいう時代があったなあ、という感慨をもつ。時代の流れというものなのだろう。

現代の読者たちがいま改めて読んで下さるとしたら、私としてはたいそうありがたいことで、解説を書いて下さった大森静佳さん、そして文庫化に力を尽して下さった現代短歌社の方々、とくに編集者真野少氏のご努力に改めて感謝したい。

二〇一七年一月末記

本書は平成六年沖積舎より刊行されました

GENDAI
TANKASHA

歌集　さるびあ街〈第一歌集文庫〉

平成二九年四月一四日　初版発行

著　者　松田さえこ
発行人　真野　少
発行所　現代短歌社
〒一一三―〇〇三三
東京都文京区本郷一―三五―二六
電話　〇三―五八〇四―七一〇〇
装　丁　かじたにデザイン
印　刷　キャップス
定価720円（本体667円＋税）
ISBN978-4-86534-206-2 C0192 ¥-667E